万物有生有命。

种子和废墟也是不朽的。

有谁见过废墟在大地上

又一次垮掉？

藏匿在泥土里的种子

不是不发芽而是没到时候。

逸生的胡同

莫非 著

商务印书馆
The Commercial Press
2018年·北京

图书在版编目(CIP)数据

逸生的胡同/莫非著.—北京:商务印书馆,2018
(万物有生有命)
ISBN 978-7-100-16609-6

Ⅰ.①逸… Ⅱ.①莫… Ⅲ.①诗集—中国—当代②摄影集—中国—现代③胡同—北京—摄影集
Ⅳ.①I227②J421.8

中国版本图书馆CIP数据核字(2018)第211422号

逸生的胡同
莫非 著

商 务 印 书 馆 出 版
(北京王府井大街36号 邮政编码100710)
商 务 印 书 馆 发 行
北京新华印刷有限公司印刷
ISBN 978-7-100-16609-6

2018年10月第1版　　开本 787×1092 1/32
2018年10月北京第1次印刷　　印张 6⅝
定价:68.00元

目录

前言

风吹草木动

那些个老胡同也是我的荒野。有墙头上的地黄和苋兰，有屋檐上的苋菜和构树。有墙缝不依不饶的早开堇菜，也有树尖高高拽起的金色栝楼。臭椿和香椿彼此不分而且相安无事一般活在各自的角落。葫芦和丝瓜的藤盘绕在电缆上，到时候一定开花，到时候不一定结果。即使被虫子吃剩下的叶子也那么完美无缺。房子倒了，但胡同里青草年年更生。胡同没了，树木依旧在原地见证风雨和四季。

万物有生有命。
种子和废墟也是不朽的。
有谁见过废墟在大地上又一次垮掉？
藏匿在泥土里的种子不是不发芽而是没到时候。

废墟是房屋的种子。

瓦片层层叠叠在屋顶上，如果不是旧年的落叶又是什么？

大树是房屋的种子。

没有树木环绕，石头和栋梁何以长成过去敞亮的四合院呢？

北京的雨，来了就在屋顶上落脚，要走就从胡同里走了。雨是洒给屋顶的种子。胡同里没有茅屋，只有“屋茅”。可以说，寸草不长的屋顶几乎不是屋顶。爬上来吊下去的南瓜和瓠子，总有一个是找不到的，仿佛那些遮天的叶子是另一层屋顶了。而葡萄架则是屋檐顺势生长出来的。要紧的是夏日里的绿荫，而一嘟噜一嘟噜欲滴的葡萄，看上去就是一直悬在半空的雨滴。

野草在胡同里依旧野性不改。

野草总是可以找到瓦砾，不管瓦砾在什么地方。
野草不是跟着四季转，是四季随着野草走。
野草在金銮殿上也是野草，不在乎风高还是楼高。

菊花在窗台上最关心的是主人什么时候回来。
菊花比陶渊明更远，远到不明白采菊也可以名垂千秋。
要知道苦菜也是菊花。
可是，不知道江西腊同样是菊花又有什么关系呢。

草木通灵。我们往往是看不见草木的，但草木随时看得到我们，甚至知道我们为什么看不见。草木就在那里，毫不在意。

花儿不是为了有人赏才香才艳，果实落地种子飞出，也不是为了来年春上草木深深。草木漫无目的而生。在人类没有到来之前就是如此。蜜蜂采了蜜，鸟儿带来了种子，人类找到了食粮，是自然而然的事情。倘若不是这样，那岂不是太不自然了。

萝藦的种子给我们带到没有萝藦的地方。萝藦真的可以变成你想到的任何一种野生植物。
只要你念念不忘，出门一准儿会遇见你所要的萝藦。
只要地球还是地球，萝藦的藤就一定边开花边结果什么也不耽误。

我不信人是万物的灵长。只要人还是人，自以为高出草木一大截，就做不成大自然的朋友。谁愿意跟一个盲目的索取者和不断的篡改者去和睦相处呢？人定胜天一定是鬼话。人类喜欢说鬼话，往往是说着说着就信了。当大自然一次次教训了人类之后，他们仍旧心存侥幸，以为可以蒙混过关。仿佛大自然的威力总有一天可以消耗殆尽似的。

植物们并不需要人类特别的照料。

需要照料的往往是人类。

没有植物们的照料，人类甚至不会诞生。

没有植物的世代交替，人是活不下去的。

当你回到胡同里的时候，叫人吃惊的不是胡同在消失，而是草木继续在那里播撒，有没有胡同都一样。世上唯有草木可以做到听天由命。在我看来，推土机并不比草木的力气更大。况且，推土机一定会在草木之前消失。胡同连着胡同，好比是一种藤本植物，有时候断了根脉，有时候又长出来。有时候枯藤，有时候昏鸦。有时候狭隘，有时候辽阔。有时候看你怎么看有时候。

如果说胡同是北京老城的一道道缝隙，那么，植物就在缝隙的缝隙里顽强生长。她们是真正的隐士，不在意犄角旮旯，不理会熙熙攘攘。胡同里的植物，有的是野生的，有的不是野生的。她们生在一条胡同里，也老死不相往来，因为她们已经是大自然往来的结果。

落叶落在草上是好的。
落叶落到雪上依旧是好的。
雪落到胡同里是好的。
雪落到屋顶上就好像高低错落的房子是天上掉下来的。太好了。

我喜欢野生植物寂静地自灭自生，也乐

见栽培植物与人的互动互生。没有植物，胡同就只有“灰色的一季”，少了生命的变化，再多的道理无非就一堆道理罢了。我碰巧也活在胡同里。有的植物我认识，有的植物认识我。大多数时候，我只是个不求甚解的阅读者，花、果、叶，尽是胡同这本书变幻的插图。

于是，花时间看花，等时间结果，自得其乐始，自然而然终。这里收录的，都是眼下青塔胡同及其周边邻里房前屋后的日常植物。她们本来的样子应该更好看。而我只是“看见”我能够看见的那一面。即使在这里，我相信，你也可以看见心有所属的那一个。风吹草木，动不动都是你的，动不动都是词语里的。

2017.5　北京，福绥境

时间

我想给时间挖开一个小口子
那样可以看见你的前世和今生

看今生看不见的种子从石头里
长出对称的新芽犹如影子的影子

蝴蝶的世界早已经疯疯癫癫
无花果和构树更接近一片叶子

仿佛天空的外面不是什么天空
而是一个人从他的尽头看我们看

荒野上的油菜招惹了几个幽灵
他们都从豆荚里隐藏自己的出身

时间的缝合线总是浑然天成
你看不见我看你在葛藤上盘旋

蜀葵

蜀葵，胡同里随处可见，而深红者不常有。

不认识蜀葵的人通常是路痴。

芙蓉葵

芙蓉葵，是蜀葵的大表姐，
也叫草芙蓉，大花秋葵。

果实如棉桃。
跟菜市场里的秋葵，是不远的亲戚，
那亲戚叫黄秋葵。

凤仙花

这是重瓣凤仙。

就是从前姑娘们可以染指甲用的指甲花。

凤仙花的种子一旦开裂，可以弹出很远。

凤仙花好像天生懂得寂寞。
没人管，自己种自己开。

要不怎么叫凤仙花呢。

藊豆

藊豆，
通常写作“扁豆”，

因为原名的笔画跟豆子一样，
太多了。

用于蔬菜的品种达十五个以上。

花有白、蓝、紫。

种子黑、褐、白。

秋风起

秋风要做什么呢
秋风不给我们任何交代吗

星星背着星星
星星一下子亮堂了
星星走弯路没听说有捷径可走

云在奔跑
云在树上描画枝条
云可以看我们猜不透的事情

千里，万里
一个人，两个人
一个月两个人。一个人两个月

海棠低垂
海棠在时间里嘀嗒
海棠摆动仿佛数着我们的时光

海棠

秋天是一年的结果，海棠是春天的结果。

而现在的结果是：美洲海棠。

金银木

金银木，结果不是金的不是银的。

冬天在北京城里要是看见满树豆大的
小红果子，八九不离十，就是金银木了。

金银木还有个名字，金银忍冬。

真是叫对了。

国槐

不为什么，适者自然。

国槐长在庙宇里，豆子长在古树上。

君迁子

君迁子，俗名黑枣。

柿子通常用它做砧木嫁接而来。

柿子

我们吃到的柿子，有甜有涩。

涩柿，原产中国。
甜柿，来自东洋。

青涩这个词儿，
说不定就是为眼前这个柿子量身定做的。

石榴

石榴是吉祥树，
乃多子多福的象征。

没有石榴的胡同，
就算不上真正的胡同了。

老北京四合院的标配是：
天棚石榴树，肥狗胖丫头。

栾树

栾树的果实，
是无患子家族的一员。

无忧无患，何等之好！

无患子，在青塔胡同有售，
则是江南广种的无患子树的种子。

银杏

银杏不是杏子。

白果不是果子。

因为银杏是裸子植物，只有种子。
倒是跟油松的松塔可有一比。

花椒

花椒，厨房里的必备。

跟橘子、柠檬和柚子是一家的，
都是芸香科植物。

有个花蝴蝶学名就叫花椒凤蝶，
幼虫专吃花椒的树叶。

要是你在春夏之交捉到花椒凤蝶的幼虫，
喂她花椒嫩叶，就可以孵化出凤蝶来。

不信你可以试试。

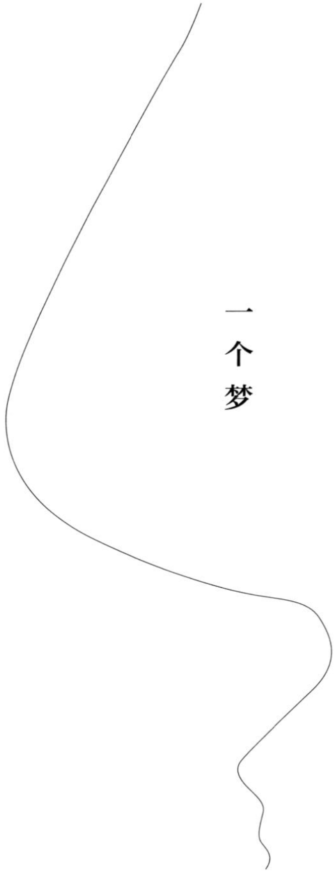

一个梦

一个梦也是一个小小的死亡。当我苏醒
窗外是别的窗子。若冰雹声一直响
我就知道逻辑是土星上的火车

在透亮的云朵里，你照看我的写作
石灰岩的酸性暴露了尘埃和阳光
而书房用一片寂静对付一堆没用的书

美好的事物总是这样。爱情的高年级
依旧是个孩子爬到梯子上不害怕
地锦草沿着石头的缝生长不知疲倦

日落和日出是两个凳子轮流摆放
亲爱的，你到哪里去了那么久
青梅黄了竹马响了我在藤椅上等着你

葫芦

葫芦是个大家族，
也是葫芦科的“科长”。

玩、吃、用都可以。

葫芦喜欢到高处去晒太阳，

我们喜欢在下面看看。

丝瓜

丝瓜，有说中国产，
有说印度来。

是葫芦大家族的一员。

有土有墙有树的地方
就可以长出来。

栝楼

栝楼栝楼，长在楼上。

看来是个瓜，
吃呢就是药。

葫芦兄弟。所同者，志趣高远。
所异者，在朝在野。

瓠子

瓠子，葫芦的变种。

有地方叫菜瓜。

亦菜亦药。

瓢瓜

瓢瓜，葫芦的变种。

《红楼梦》里贾宝玉曾说：
“任凭弱水三千，我只取一瓢饮。”

那一“瓢”，就是这一瓢。

野大豆

野大豆，中国大豆的前生。

20 世纪 70 年代初，来访的美国植物学家
从上海某工厂的杂草丛里带走的野大豆
就是它。

几十年之后，他们（孟山都公司）
用中国野大豆基因开发的转基因大豆
在国际油料市场“豆”败了中国大豆。

高粱

高粱，起源于非洲。

考古发现，在非洲有超过十万年的
食用历史。（超乎植物学家的想象）
也有学者认为，
中国也是世界高粱的起源中心之一，
有五千年栽培史。

高粱的农艺品种繁多。
膳食、酿酒、制糖、药用、牧草、炊具，
都有高粱的贡献。

胡同里之所以有高粱，
一是栽植，二是逸生。

树叶

叶子在一棵树上我看你看
一棵一棵的树躲藏在叶子里

它们依旧那么明亮尽管看上去
跟一片一片的叶子没有两样

季节的往返在别处都错了
分分秒秒的世界谁也分不开

一阵风声收起了一片叶子
一片叶子给一阵风声一个遮挡

你在一棵树的周围一遍一遍走
一片树叶停在半空等你来

这是通往西溪的一条宽大的路
看形形色色的树叶里只有你

垂柳

垂柳，杨柳科植物。

古人常常杨柳不分，
诗词歌赋中的“杨柳”，说的就是垂柳。

比如“杨柳依依”，
不是杨与柳在那里“依依”。

“杨柳岸晓风残月”，
定是岸边垂柳在晨风里露出了残月。

北京现在还有个地方叫垂杨柳，道理自明。

紫苏

紫苏，唇形科植物。

有两千年栽培史。

鸟爱其实，人食其叶。
可菜可药，不可或缺。

盐肤木

盐肤木的叶子被某蛾幼虫吃花了。

叶子就是给虫子预备的。
说吃树叶的虫子是害虫，我是不赞成的。

人类不是把很多能吃和不能吃的东西
都吃了，

可谁又说了什么呢？

华山松

华山松，虽说跟常见的油松“家族相似”，
但区别还是明显的。

华山松树皮浅灰而且光滑，
松针五针一束。

油松树皮褐色，粗糙，脱落，
两针一束。

枣树

枣树，是鲁迅家的枣树，
和砖塔胡同一墙之隔。

枣子落地上的，有很多。

树上只有两颗。
我尝了尝，
味道的确不一样。

这你懂的。

玉兰

玉兰，也叫木兰。

胡同里随处可见。

很多人遗憾地认为，
玉兰的果实长得丑，
好像配不上如兰似玉的玉兰的花。

玉兰的果实招谁惹谁了啊，

太奇怪了。

香椿

香椿，楝科植物。
原产中国。

号称“树上的美食”。

有红椿、紫椿、香椿和红花香椿之分。

在古代，与荔枝齐名，可见其名贵。

近现代，国际上有“中国桃花心木”之美誉。

与臭椿非亲非故，素无瓜葛。

蝴蝶

平静如许的蝴蝶只是微微扇动
呼吸一样的翅膀掩藏了世界

仿佛积攒冬天的雪开始抖落
树叶和树叶没有先后都在地上

睡眠这宽大的帷幕掀开缝隙
黎明带着顶尖的触角已经来临

当蝴蝶发出一声细微的叫喊
湖水披着双色的斗篷搂住我们

我们的呼吸也落入远去的大海
蝴蝶和萝藦在同样的时辰里

撕咬着不断的忧伤无法调和
而毛毛虫和春天方可等物齐观

狗尾草

狗尾草，是粟的前生。

要是没有狗尾草，
也就没有我们的小米粥了。

而没有小米，后果是很严重的。

由此可见，小米虽说厉害，

但不如狗尾草厉害。

韭菜花

韭菜，百合科葱属。

百合家族，不可思议。

韭葱姐妹，不可或缺。

有栽培，品种多。

有野生，不罕见。

野西瓜苗

野西瓜苗，锦葵科植物，
是木槿的小表妹，
跟西瓜苗不搭界。

古人给叫了这么个名字，
就是图省心。
它的叶子无非跟西瓜的叶子有些类似。

仅此而已。

夜香树

茄科植物，夜香树。

俗称夜来香、夜丁香。

原产南美。

红蓼

蓼科植物，红蓼。
也称荭草、红草。

在《诗经》里叫游龙。

白居易曾有句："秋波红蓼水，夕照青芜岸。"

李时珍说："此蓼甚大，而花亦繁红，
故曰荭。"

紫茉莉

紫茉莉，紫茉莉科。

俗称晚饭花，
因其傍晚花开而得名。

种子地雷状，
所以有地方叫地雷花。

跟茉莉（木犀科）、蓝茉莉（蓝雪科）
不搭界，名相近耳。

番茄

番茄，茄科番茄属。一年生草本。
俗称西红柿、番柿、狼桃。原产中南美洲。

与青椒、土豆、茄子、烟草一个家族。

16 世纪传入欧洲。最早作为观赏植物，不食用，疑有毒。
17 世纪意大利人开始食用。18 世纪由南欧传入北美。

明代万历年间传入中国。

千屈菜

千屈菜，千屈菜科。

水生植物。
药食兼用。

在鲁迅故居遇到的。

小藜

小藜，藜科藜属一年生草本。

俗称苦落藜。

嫩苗可食，

全草入药。

鹅绒藤

鹅绒藤，萝藦科植物。

我叫她“小萝”。

冬春时节，种子从开裂的蓇葖果放出，
可以从江南飞到海北。

有风有雨就有鹅绒藤生生不息。

语言

你我的语言也在一处呼吸
嘴唇对嘴唇收回了一面之词

仿佛弯曲的梯子攻破城池
更直接的矛就在光线中飞动

哪怕是青山和大海的波涛
都没有挡住一阵无助的尖叫

我听见两个魂灵彻夜交谈
停顿的那一刻行人突然多了

时间取走了时间的嘀嗒声
透明的墙打开了一万颗星星

世界没有预兆你也不在乎
走好多路我只认一条路好走

山药

山药藏在土里，
山药豆长在藤上。

至于薯蓣怎么活，

好像无人知晓。

牵牛

牵牛花在胡同里牵着走，

开不开花都嘹亮。

小牵牛从石头缝里生出来，

恰恰不是因为强而是因为小。

牵牛可以去很远的远方。

牵牛没有诗，

有的不过是早上吹吹喇叭，

很快就吹不动了。

藤三七

藤三七，学名落葵薯。

三七开，花儿密。

三七开，有深意。

胡同太小了，冬天太冷了。
落葵薯最后落在哪里你怎么会不知道呢。

箬竹

禾本科箬竹属植物。
原产中国。有二十种之多。

那么矮小那么弱，看上去像野草，
照样是竹子。

折不断，拽不走。根连着根呢。
即使冬天也从来不甘示弱。

有一个人
看见你

我知道，总有一天有一个人看见你
说是喜欢或者说是胡闹，没关系

万物抽取万物仿佛树叶罗列树叶
有一个人做梦，做梦也要早早排队

有人喜欢喜欢，有人喜欢胡闹
我看见有一天有一个人看见自己

在上帝的周遭玫瑰的涟漪层出不穷
雨的坠落，彻底洗刷末日的湖水

刚刚建造的房子打开天窗天已大亮
废墟守着废墟的荒草，不言不语

一个人都忘了。世界一干二净
还有谁知道，那一干二净也是好的

女青

女青是茜草大家族的一员，多年生缠绕藤本。

二十年前北京稀见，如今处处有之。
女青之名，最早出自汉代《神农本草经》。因其叶揉碎有臭味，植物学家称之为鸡矢藤。

民间很多有趣的名字：斑鸠饭、雀儿藤、
香藤、臭藤、甜藤，等等。
别称之多也恰好表明分布之广。

在岭南，是美食，
曰：鸡矢藤饼、鸡矢藤羹。

也是醉了。

黄栌

香山红叶红了的时候，
其实更多的是黄栌黄了。

北京古有“蓟门烟树”一景，
据说就是因为黄栌春日花开如生烟缕缕而得名。

鸡冠花

风雨如晦，鸡冠花开。
每每让人想起黎明和劳作。

应该说，鸡冠花不是地里长出来的，
是丝绸之丝绣出来。

仿佛旷远、云霞和古意铺满了紫色的天边。

紫薇

紫薇得名跟紫微星有关，
自是大名鼎鼎。

在北方，多为灌木。
俗称千日红，
完全颠覆了“花无百日红”的民谚。

在两广，另有一种大花紫薇，
乃乔木。
大花紫薇在越、柬，做行道树，
遮天蔽日，
而北人常不敢认。

垂丝海棠

垂丝海棠，蔷薇一族，
芳名远播。

小家碧玉，最是欢喜。

春发不俗艳，秋果如珠玑。

中国四大海棠之一。
另外三种，
西府海棠、贴梗海棠、木瓜海棠是也。

乌蔹莓

乌蔹莓，葡萄科植物。

常常与绞股蓝混淆。
明显的区别在于绞股蓝叶面有毛刺，
乌蔹莓叶面光润。

看似不起眼儿植物，
却早在《诗经·国风》里显山露水了。

乌蔹莓是胡同里的土著，
树顶墙头，风光依旧。

若是认得，抬头即是。

山茱萸

山茱萸科的“科长”。

有两千年栽培历史。
是治颈椎痛的良药。

三月花开金色，如幻如电。
九月结果润红，如玉如珠。

枸杞

枸杞是茄科植物。

辣椒的远戚，
马铃薯的小表妹。

大多数地球人都知道。
凡是不知道的，
正往知道的胡同里走着。

物与我

物我两忘的事也早忘了，不去再想
青草在林中青，白云在树上白

我穿过狭窄的街道，好像石头宽大了
湖水结冰。湖水在辽阔的湖上走动

唯有你在影子里停顿，仿佛时间
用唯一的指针不断打扫遗忘的尘土

大海反复提起。我们的死与生
那紧密的沙子四处流淌，永无安宁

世界的地址如此陈旧更新已经太晚
太晚的时光如此明媚，如同刚刚开始

冬天已经收藏。经过筛选的荒野
交给了你我，在半山颠簸在山顶闪烁

红菇娘

红菇娘，西红柿一家的。
和曼陀罗常常结伴在废墟上，

在童年，
她们俩仿佛是双胞胎姐妹。

长大之后，
一个有刺，比较泼辣。
一个丰满，脉脉含羞。

刺儿菜

刺儿菜照样可以飞。

王谢堂前，百姓人家，
无有取舍，如来如去。

不卑不亢，自得自在。

梧桐

有个果实，是梧桐果。
有棵野草，是白酒草。

没有关系，风来帮手。

没有关系，就是这样。

早开堇菜

早开堇菜，早春也开，晚秋也开。
早开堇菜，不早不晚，你若看见。

马铃薯

茄科茄属植物。原产南美洲。
在安第斯山区，有七千年栽培史。
16 世纪末可能由荷兰传教士引入中国。
有四百多年栽培史。

在北方地区，叫土豆、山药蛋。
在岭南地区叫洋芋、荷兰薯。
马铃薯的亲戚们常常在餐桌上相聚——
西红柿、辣椒、茄子。

还有个不受待见却很难放下的远房亲戚，
叫烟草。

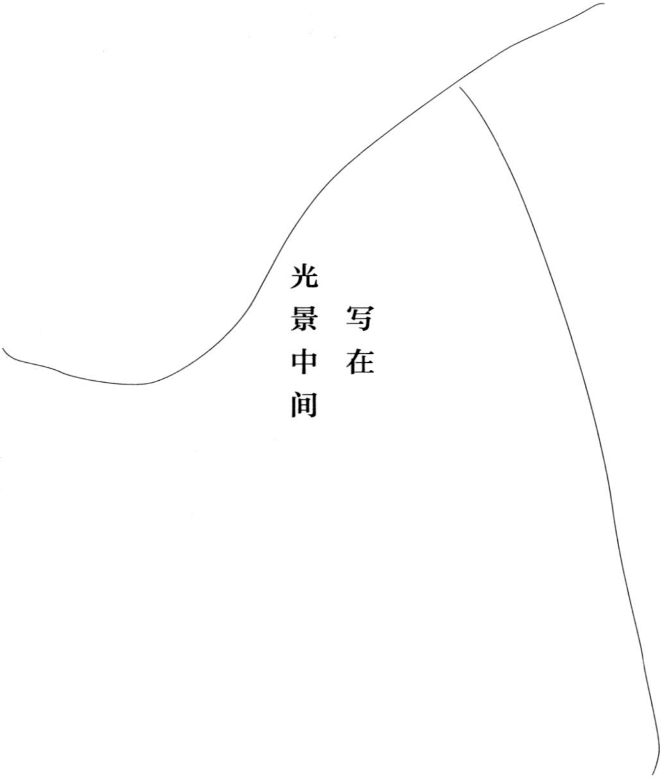

写在光景中间

或者稍微靠后一点
写棣棠早于海棠
写海棠略晚于寂静的傍晚

写我的人也在写
只顾梨花三天下雪
不管连翘万家点灯
我的人啊如来如去如何好

写一个名字在四月
写四月开展的芭蕉上
写芭蕉掀起辽阔的帘幕
写帘幕透过清晨冬笋剥削干净

写你在树下写一首诗
写琥珀链条穿越生死之界
写秋日满城的桂花飘落满地
写一句而另一句上来又悄然抹去

虎尾草

虎尾草啊虎尾草，
摸不得，见不得，舍不得。

后来呢？见了。摸了。

再后来呢？还是舍不得啊！

构树

构树和桑树生在一个胡同里。

有叶子，分不清。
没叶子，分不清。

等有结果，还用分吗？

二乔玉兰

大乔小乔，如玉如兰。

木兰姐妹，倾国倾城倾胡同。

榆叶梅

蔷薇科植物。

榆叶梅跟梅花还真不算是攀亲戚。

榆木的叶子，蔷薇的花儿。

芄兰

芄兰就是萝藦，萝藦就是芄兰。

小时候，台阶下。
长大了，屋顶上。

花开藤蔓，结果立现。

可是我的最爱啊，你可知道！

蒺藜

胡同里的娃娃们都叫它蒺藜狗子。

总欺负光脚的，

不敢惹穿鞋的。

棣棠

说棣棠是蔷薇花也不错。
有单瓣，有重瓣。

你去看看，

不在胡同口，就在胡同尾。

紫丁香

紫丁香那么紫那么香还说看不见闻不到好吧不跟你再啰嗦了。

酢浆草

酢浆草常常念错。
因为是酸的，读也读作“醋”，
念念才不忘。

你叫她三叶草，
还有很多人那么叫，不是不可以。
只要喜欢，她无所谓。

你看大自然总是圆满的。
即使被草虫吃成了这个样子，
在我看来依旧完美无缺。

早上的诗

在天堂的门口梯子沿着大雨下来
梧桐深处的积水依旧在街道上滑行
黑夜像两端发亮的木床骤然翘起

梦醒时分给你梳洗也给你忧伤
夏日滚烫的云朵熨平了旗袍的皱褶
明月曾经袒露因为河山未经照彻

你在我信的地方开花开了一世界
在我不信时候结果有了好结果
幸福的人啊唯有你知道我从哪里来

欢愉和不朽的爱一起缠绕如萝蘼
林中滑腻的青苔是一道阳光的缝隙
区分开恍惚的日出与恍惚的日落

月季

月季、玫瑰和蔷薇是三姐妹。

老大玫瑰，花开一季，香满五洲。
老小蔷薇，攀爬高手，无法无天。
月季总是忘了时间和季节，只管开花，
不图别的。

可是啊可是，月季节总被玫瑰抢了去，
好像沾了玫瑰的光。
殊不知，月季只想做月季。
蔷薇呢，倚小卖小，不在意情人节，
也不在意七夕会。

紫藤

一来暖风，一夜花开。

而没有紫藤架的胡同，

看上去也不胡同了，也不春秋了，也不北京了。

芍药

芍药先是花，后来真是药。

花之王后，自有国色。

无花果

无花果有花却看不见。

无花果无花果从何来？
无花果有如此漂亮的叶子，
有没有花结不结果恐怕也不那么要紧了。

难怪亚当夏娃选了无花果的叶子遮羞。

其实呢，害羞这件事也很美啊！

菊芋

菊花是菊花，芋头是芋头。

不搭界的两个，最后就是一个。

这个向日葵的表妹，

和向日葵一起从南美漂洋过海，落地生根。

而菊芋生的“根”确有异样，形同姜块，

所以叫人起了个怪名字：鬼子姜。

艾

艾，是菊是蒿，
是灸是药。

艾，生来就是为我们治病的，
就是给我们文化的，
就是赐我们安宁与欢愉的。

因为有艾，
前世和来生我们都有了。

稗

稗草喜欢在稻田里生，

就像谷莠乐得在粟地上长。

自然而然，不觉稀奇。

荩草

荩草就在胡同的尽头，

一年不到，千年不到，

方生方死，方死方生。

茑萝

茑萝有羽毛一样的叶子，
有星星一样的花儿。

跟胡同一样长，
和胡同一样深。

是牵牛牵来的，我只悄悄给你说，
而牵牛喜欢的，
我没理由不喜欢。

地肤

地肤的别名叫扫帚苗。

地肤长大了就是北方农家
用来打扫场院的扫帚。

地肤无处不在，

若想打扫地肤可没那么容易。

地黄

地黄长在墙头上依旧地黄。
地黄生在石缝里还是地黄。

收大地之精华，养人类之精气。

是良药，有生地熟地之分。

有病医病，无病强身。

下午的诗

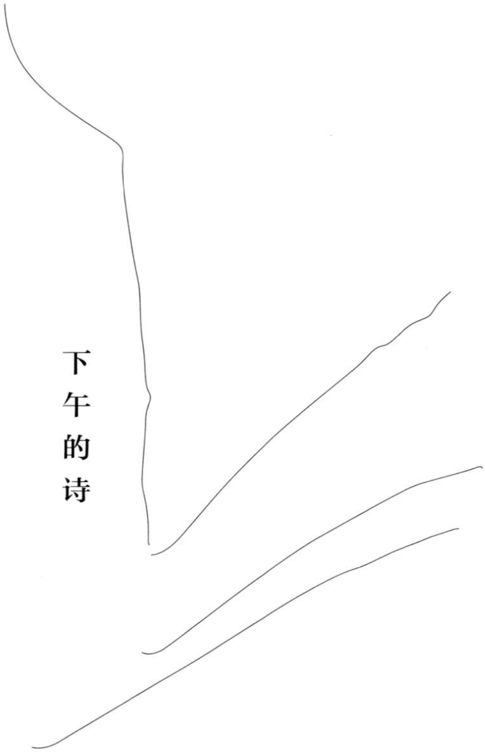

我想着你下午没有诗也没有雨的意思
园子里的梧桐树有了转轮似的结果

在火车上你做了一车厢的梦那么安静
这一路观花花先走，走马马不停

太阳从别处咆哮，太阳带着钩子
脱落的石头发出一阵轰响沉入大海

整齐的剪刀在时间的表面上留下缺口
仿佛白云弥漫的天空也要修修补补

而此刻无端的忧伤涌向窗边的小女儿
峭壁和发亮的湖水一起倒过来

白昼的闪电像联络官召集蚂蚁和野兽
一个人的桌子两个人的腿开始奔跑

鸭跖草

这怎么会是鸭跖草呢？

分明是蓝色给了花儿，
花儿给了天空。

花儿和天空分别给了大海和孔雀。

马兰

本来秋日田边菊，
却道马兰二十一。

不知有汉南山远，
无论魏晋野草稀。

木槿

木槿有“朝开暮落花”之名，
更有“及日”“时客”之雅号。

有个邻国，称之为“无穷花”，
朝开暮落，暮落朝开，倒也恰切。

在《诗经·郑风·有女同车》中，
“有女同车，颜如舜华，
将翱将翔，佩玉琼琚”。

舜华即木槿。
由此看来，木槿乃时光之花，自有奥妙。

风船葛

风船葛是无患子家族中藤本植物。

还有个近邻叫栾树。

拉拉秧

拉拉秧就是葎草。

如果你见过啤酒花，
拉拉秧是谁差不多你就知道了。

如果你不认识啤酒花，
那有什么关系呢。

马唐

马唐从前叫马糖，
顾名思义，
就是马喜欢吃的像糖一样的草。

生长在地球的每个角落。
我猜马糖在土星上也可以活。

是玉米和高粱两大家族的亲戚，
赶都赶不走的亲戚。

金狗尾草

金狗尾草和狗尾草是表兄弟。

一个直直的，明亮率性。

一个低头无语，预感秋之将至。

旋覆花

旋覆花仿佛夏日的计时器，
秋天早上一连串的铃声。

旋转的花盘啊，
我看见你的指针向着大地的末端，

那里荒野寂静出神，万物自灭自生。

后记

从逸生的胡同来

从胡同的方向看，植物的逸生，就是种子逃逸了，自己种了自己，不问花开花落。人们常说起植物的生存如何聪明，但我以为那是很奇怪的话题。即便植物很有智慧，也不是我们的智慧层面可以描述的。人类和植物的区别，不是植物划分的，其中的傲慢与偏见显而易见。

植物被人类这个邻居搅扰，已经很久了。本来相安无事。你活你的风花雪月，它转它的四季轮回。从种子那里拿了吃了用了看了，完全是天赐。慢慢地，贪婪起来，不管不顾了。万物皆备于我，就好像真的一样，是天经地义的。怎么会啊！要是可以听见树叶说什么，我们就不那么想了。

人类是迟到者。迟到者总是有千万个理由。大自然不在意谁早谁晚。要不怎么是大自然呢。一粒高粱落在非洲的泥土里，却可以在北京城的胡同里摇摇晃晃；一朵指甲花谢了，小小的后代们跑进了家家户户；香椿土生土长给你美味；刺槐在美洲，大老远的，比哥伦布还远啊，不是也来了，让你尝鲜。

胡同越来越窄。人越来越多。植物越来越少。那么，剩下的，一定是厉害的。并非因为适者生存，而是连适者生存都不适了。委屈的是植物。苦命的是植物。说不来道不来的。人呢，至少可以喊可以叫。花钵里的花有人照料，由此可见，地球何尝不是一只花钵。

胡同连着胡同，是老城的根脉，千万不要断了。有小胡同有窄胡同，甚至有死胡同，也是好的。逸生的植物们可以通过，窗台上的花可以打扮，邻居们因为植物的邻居变得更是邻居了。不能天棚肥狗，尚可鱼缸石榴。雨水当街，惊蛰屋顶，清明点豆，霜降摘瓜。逸生也益生，何乐不为。

植物连着植物。植物连着你我。你我连着胡同。杨柳依依，荣枯相生。有种来年，有唱不绝。狗尾草在墙头，虎尾草在墙根。看见它们的生长和摇曳，便知远在城外的大麦小麦是青是黄。从某种意义上，是野生植物栽培了人类和文明。而我愿意看一株逸生的高粱在胡同里自在自然，自灭自生。

且为后记。

2017.9　北京

樂府

·

心里满了，就从口中溢出